昨日痛苦
變成麥

阿米詩集

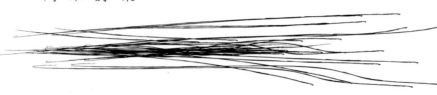

昨日の苦しみか
麦へと
変わった

感謝少禹、玉琳近十年來的照顧。

目 錄

詩／阿米

寫肚臍眼，和肚臍眼旁邊長出來的奇花異果。

阿米，1980年次，台灣女詩人。

第一本詩集《要歌要舞要學狼》2011年出版，提名台灣知名獎項台灣文學獎金典獎。

2012年出版第一本小說《慾望之閣》。

2013年出版與潘家欣往來的詩歌書信詩集《她是青銅器，我是琉璃》。

2013年出版中英圖畫詩集《日落時候想唱歌》收錄2009至2012間的畫作。

2015出版成人童話圖文詩集《我的內心長滿了魚》。

2015出版第二本正式詩集《昨日痛苦變成麥》。

阿米轉動世界

序《昨日痛苦變成麥》

翁文嫻

　　2011年台文館金典獎，在當年新出三十幾本詩集內要選出三本，記得曾極力推薦阿米，作為第二名。理由是：「我讀阿米的作品，有讀到比較痛的東西，表面上的童真，只寫表象、可愛的事物，可是裡面藏著很多社會的指涉，很多恐怖的事……」

　　又過了四年，台灣社會是愈來愈恐怖，那些傷殘殺戮總是從「家」開始。阿米的第五本詩集〈妹妹的床頭歌〉系列，就寫出她的家；〈女囚徒〉、〈沉默麵包店〉系列，到處都是社會上畸零的人。報紙上版面評論，其實已很少能回應這些崩壞的生存實況，社會裡的抑鬱直接反映在詩。阿米第一本詩集《要歌要舞要學狼》，是「吹鼓吹詩人叢書」的選詩，主編蘇紹連稱，她「詩中觸及人類生命中的醜陋、缺陷、病痛、惡行、悲傷、野蠻、憂患等，都能淡淡地流露著詩意的美感」，「不管寫什麼，總有一股優雅的氣質。」我很喜歡蘇主編用「優雅」二字去涵蓋她筆下的爛泥人生。

　　阿米邀我寫序，詩集反覆讀了十次以上。只要心一靜下，詩句就一直吸著我，重複唸也不厭煩好像第一次讀。這經驗倒是奇怪的，不斷讀這些惡事，頹敗的社會性漸漸淡去，我們不會為了同情，或為了抗議為了任何的關心可以反覆生出新鮮感。阿米詩句應該是些別的，我覺得她已超過了上面一般人對這類事件的反應，或許是過了許久，捱受太多，於是她來到另外的一片泥層。

　　在「另外」的境地上，以前肉身感覺疼痛的事，換了一個時間維度，另個距離的空間，人可以再正常的滋長愛意，如此，讀者被慢慢吸進阿米的世界。

　　例如寫那位「日復一日打媽媽」的父親：

父親很狡滑

我來不及替母親復仇，

他便老了，要人把屎把尿

　　初看，以為詩人的父親已經老成這樣，你還要報仇嗎？多讀幾首，父親可有各種年齡面相。例如另一個爸爸，他只終日與電視情婦寶多見面：「寶多渾圓多肉/爸爸打著節拍/寶多滿屋子跑」。這樣的老人充滿精力，可惜孤獨得只與一台電視做情婦，真是滑稽。阿米詩沒有虛擬遙遠意象，人物行為是我們日常的，只是她可以不知不覺地，推著「轉經輪」似的，轉動她的世界。

　　新聞或友朋左右發生的事，可以成為阿米親身經歷的事，她感同身受，若果她有原諒，我們就一同被她原諒。〈慈父〉詩內，見到一名長期受家暴的女兒，看見父親老去的畫面，終於說出：「**父親沒有變/他一直都是/慈祥的**」。需要過好多年、有好多智慧，才能說出父親一直都是慈祥的，但不等於忘記：「**只是/他伸手/打了母親**」。

序 ＼ 昨日痛苦變成麥

　　阿米的眼神沉靜，能將驚濤駭浪化成某些本質，而生出她的領悟。詩最後一段：「我是一隻僵掉的小蟲/需要取暖」。人的理解力並不能消滅悲哀的記憶。時光是什麼？在阿米詩內，親人的糾纏暴戾有若更深深轉入的愛，沒有這些刻骨的創傷就沒有愛。像螺絲，旋轉入這疼痛的人生，木板的痛苦與喜悅，又是那麼真實。（〈螺絲〉）

　　阿米的句子非常乾淨，她令我們心無旁騖，不沾惹不必要的事物，對於真正重要的，毫不避諱、毫無疑問，褪盡俗氣與成見地表達，常有意外的神來之筆，安撫我們體內的雜亂之氣。不是說她詩有多幸福的情節，剛相反，她寫的是人生的挫敗，例如寫一個家庭破碎了：「大型家具一件一件搬出來/床組、櫃子、桌椅/再來是柔軟的家飾品/窗簾、桌巾、棉被」…… 全部搬光了，忽然看到這景象：

屋子空曠起來

陽光之下的灰塵

是突然顯眼的愛情

　　愛情從未出現過這種寫法吧？但愈想又愈有理由。人在一切皆無中，重新品味那些被光照亮的塵埃，每粒微塵曠大，是已逝的、飛動流竄的情。

　　於是，阿米帶我們去一個五味雜陳的世界，人在那兒，有如草間彌生的圓點畫：我們五彩繽紛、面容毀壞，我們不斷地想死、創作、活到七老八十(〈黑色可愛〉)。也猶如她寫的，一名吃麵的男人：沒有人知道他，吃麵的臉，看起來疲倦，使人想摸(〈吃麵的臉〉)。

　　交錯衝撞又不能解決的事象，阿米不分辨也不分析，直接進入。讓我們到達一個無解的迷宮，讓我們去體會萬物被創造之始的森嚴，因為阿米詩句之間從來不是軟弱妥協的。那兒有股強韌的生的呼喚，無形地，鼓動我們。那些道理，因為謎一般的事象，需要不斷重整。她說上帝也有張開眼睛的第一刻，那深刻的瞬間又跌入無間地獄，如海一般的錯愛。她說我們最後的死，像一個甜甜圈，炸得金黃、灑滿糖霜。(〈紀念日〉)

　　諸如此類，阿米不知用什麼來源的力，重新轉動了她的世界。我甚至愛上了她的歪理，例如〈驗傷〉這一首：「你掐住我的脖子/不是故意的呀/一定是因為太愛了吧　我很痛/發出嘶嘶的聲音」(〈驗傷〉)

　　愛情有多少種形容？我喜歡阿米能寫出那種嘶嘶的聲音，在愛裡受傷的聲音。本詩集《昨日痛苦變成麥》，有完整的一組愛情詩：「不寫作的春天」。阿米重新為愛去畫圖，是非常遼闊有氣勢的一張藍圖。你們看這愛的宣言：

多年來我一直在睡覺

你一次驚動了

全部的我

序　＼　昨 日 痛 苦 變 成 麥

　　「全部的我」，有約翰、瑪莉、莎兒......「**那些人格的鬥爭，我一概否認**」，這種愛就很來勁了。今天廿一世紀的台灣女子，如何認識？要看阿米塑造的像──這位女子是經過大風浪的：她產生一種人格的特質。是愛，驚醒了身上各種事物，因為愛，引出各個真實的門，去觸摸去打開，它們彼此相撞，但愛是無方位無認定，也是無辜的。只有一股源源不絕，要熔化融匯萬種恆河沙數的力。奇怪的阿米甚至將《金剛經》的句子轉成〈愛經〉。

　　　　　　　我是一切虛空中為你倒吊的精靈，我是無法離欲的妒婦

　　這名充滿愛欲的女子創造出她男人的情婦〈我恨安琪拉〉；創造出想吞噬她甜蜜順境的霉運〈我和先生的故事〉。她愛得很不安寧，有一百種不可能愛的畫面，總見到「那個可惡的女人，和你的孩子，像甜甜圈一樣站在一起」，啊但同一首詩的結局我們又看見：「我這樣一個野孩子／只有你的懷抱／讓我明白／靜止不動／的一種乳白色」（〈愛人風景〉）。

　　阿米用痛苦經歷開展出《金剛經》的真義：愛與欲沒有定義、愛與痛同等深沉、愛可以產生一百種不平靜的理由，但我們會被阿米在九種苦難之後第十個小小的話語角落，感動而哭。她這首〈沒有永遠的〉，說：

不必說再見
因為沒有永遠

沒有永遠的親人
　沒有永遠的朋友
沒有永遠的悲喜
　沒有永遠的存款
沒有永遠的學歷
　沒有永遠的體重
沒有永遠的熱吻

即使如此
還是小跑步靠近你
用盡所有的力氣讓你明白：我是一個愛你的小孩

　　歷盡劫難之後的詩人，阿米意識到在愛的滋潤下，可以碰觸到，如沙特說的：人類深不可測的自由，那兒有廣大宇宙的動能。

妹妹的床頭歌

什麼？我是森林的野菇

對啊，陽光燦爛，但畢竟是從陰暗爛泥巴裡長出來的唷

海產

火化媽媽的大體

一半給香爐，子孫祭拜
一半骨灰，撒入太平洋

有魚吃了骨灰
我們吃魚吃媽媽

媽媽—和吾友蔚昀

媽媽
葉子為什麼一定要長在樹上
掉下來就死

媽媽
為什麼我們會死

為什麼我要感覺到風
要看看雲朵

雲一直飛遠
一心飛遠
遠方還不是帶來煙消雲散

媽媽
如果有神
為什麼我要離開妳
妳要離開我

為什麼那一天一定會來
那一天在哪裡
妳在哪裡

我是誰
為什麼站在樹下

回到正常的世界

我回來了

爭吵回來了

傷害回來了

為了不要再爛掉

終於我也長出利齒

我學會恨

恨輕鬆多了

不會受傷，只是臉醜一點

年夜菜

媽媽不要哭

那只是一鍋菜

不是一鍋

爛掉的先生

不圓的家

不是一個一直奔跑但

病了的女兒

不是不是

妳一生的苦難

那只是一鍋

做壞的菜

雞蛋糕

一顆顆金黃色
發軟、發鬆，可口的雞蛋糕

母親站在灰濛濛巷子口或紅磚色騎樓下
一聲一聲地叫賣：

「來唷！雞蛋糕！
雞蛋的七個十塊！
動物四個十塊！」

子女也跟著喊了十多年
猶如一支高亢的家庭合唱班

母親往生十多年了，我依舊可以在巷子口
聞到雞蛋糕的味道

秋冬傍晚四五點
學生下課時
味道越見濃烈

但很快的七點一到
又怕賣不完了

活小孩

1.

日復一日爸爸打媽媽
媽媽真的好吵
我想再睡一下

2.

爸爸很狡猾
我來不及替母親復仇
他便老了，要人把屎把尿

3.

爸爸的口袋裡
有好多好多十元硬幣
發出叮叮噹噹的聲音

注：題名〈活小孩〉為鴻鴻〈黑眼睛跨劇團〉劇名。

父親是寫實的

父親是寫實的
他有一張玫瑰花床
生活在豔星之間

上萬張相片
都是獨照
沒有妻子、沒有子女
不需要朋友
也不依賴酒精

他有一台電視叫寶多
寶多是他的情婦
雙乳之間塞著千圓鈔票
寶多多麼像一條母狗

早上我聽見寶多
中午我聽見寶多
半夜我聽見寶多

寶多渾圓多肉
爸爸打著節拍
寶多滿屋子跑

全家福

是沉默的小丑推銷一本相簿
就那一本
吃相也像我、睡相也像我
誇張照相也像我
有帽子、有眼鏡、有登山杖、有內衣褲、有空魚缸
還有小兒兵團百位之多

無頭肖像。它是我嘈雜的秘辛

我聊天大笑時，他沉默地旋轉
我戀愛時，他包圍又嘲弄

他拋售一張不存在的全家福

歡迎參觀，賣大人互毆一些
歡迎參觀，賣小孩衰老一些
我們擁有客制化的工作服裝

按快門、連續換裝

閃光熠熠一季換一疊獨照

領子翻出你。有一點想哭

丈夫

旋轉

入

往事的

門

縫裡，女人在哭

掀開棉被一看

果然是母親

母親抱著

父親

的

甕

來了

母親一生成功

唯獨

感情失敗

我不要像她

慈父

父親是慈祥的
任何人老了都會
變

父親沒有變
他一直都是
慈祥的

只是
他伸手
打了母親

父親是一個任性的獨子
像每一個普通男人
我懂他
也懂母親

我是一隻僵掉的小蟲
需要取暖

剎那

母親臨死
要他抱她

這是最後一件事

當時我覺得，母親很偉大，原諒了父親；
現在我覺得，母親也在請求父親的原諒。

秋日發票

人生重大的悲痛
像發票上的品項一條一條被列出

習慣購買同樣貨品
重複消費自己的傷

有時是梅花鹿的斑點
有時是長毛象的爪牙
有時是一支壞掉的牙刷

常常在半夜驚醒
下意識地奔往便利商店
列印這一張噩夢發票
偏偏7-11永不打烊

用盡全力擰乾毛巾
往事還是會沿壁磚滴下
差點癒合的傷口
變成另一種包裝的餅乾

記姪女第一次住院

打針
兩歲小女孩嚎啕大哭
劇烈地哭吼，令人心疼

我去打針，只感覺蚊子叮一下
從什麼時候開始
我們懂得忍耐，知道痛很快過去

小女孩邊哭邊向醫生說再見
使我想到被撕開的那一剎那
也是邊哭，邊說再見

棉花糖

週末巷口新來了一攤

老爺爺的棉花糖

粉紅色、粉紫色、純白色⋯⋯

「妳要什麼顏色？」

天空的雲，漂到我的舌頭

但願我的心

像小孩子

因一支糖

而甜起來

我妹妹

我妹妹的耳朵很尖、很尖，比彼得兔子尖
ㄅㄥˋ （槍響）

妹妹命中帶有一顆飛行的黃月亮，只需沉沉睡去
沉沉睡去，一切壞事都會飛
一切痛苦都會長毛
一切不能承受，會慢慢變成一顆破碎的雞蛋

但若妳足夠清醒，妹妹
荊棘將會帶來一首好詩
妳將生下妳的兒子，而不喊疼

我妹妹從來不祈禱，也不哭
只變成蘋果樹
讓一顆一顆蘋果掉下來

然後一群毛毛蟲跑來
在蘋果上留下了一個一個黑黑的洞

妹妹的床頭歌

即使肉體衰敗
經驗無常大鬼
仍一起擁有最初
看過的那一頭神的鯨魚

抬頭看你
哥哥你高大像一座噴泉
我在遠處因為
你的聲音
而跟著哭哭

你指出遠方
你說：妹妹，該起床了
來，哥哥陪你
一起長大

像管風琴那樣美
妹妹你要愛自己

五樓

大型家具一件一件搬出來
床組、櫃子、桌椅
再來是柔軟的家飾品
窗簾、桌巾、棉被

屋子空曠起來
陽光之下的灰塵
是突然顯眼的愛情

留下盆栽給下一個房客
看一看時鐘，已經是凌晨4:48
我把門鎖上

再見，此後我沒有家了。

失去／我有

失去
顏色
一旦開始失去
只會一直藍的
黃的、紅的……
顏色一點都不剩

畫家在岸上看著海
問漁夫：什麼是藍？
漁夫回答：捕魚的時候看不見海

一首詩吞沒紅色的月亮
黑色一直上岸

我快擋不住，反覆失去
鏟子挖土
可以多深
深到挖出童年的兔子骨頭

一隻青鳥

當我失去一雙眼睛或母親

他便啄下身上一支羽毛給我

每少一支羽毛

青鳥會老去一歲

它們奪走

一切

連青鳥

於是我說：我不在意

我從不在意命運如何對我

但是如果祢們

奪走

青鳥，我將學會恨

顏色一大塊一大塊

往南遷徙

北方

全是眼淚，不宜人居

我裁了木頭

做一艘像棺木的船

和我的青鳥

在北方漂流

為什麼甜美總是帶著哀傷

我無法說清楚啊
看著妳純真的臉龐
全部的花都會凋謝

我曾愛過他
在春日午後的公園
笑聲仍然迴盪，我的人生卻已老去

我是一只頑固的貝殼啊
浪只是拍打
浪只是天生喜歡這樣
一下靠近、一下別離

啊甜美這種事
三十六歲的我看著二十一歲的妳
只能靜靜地
遞給妳一張舒伯特

秋天迅速老去

不到三個星期

雪白無聲的院子裡

只有一隻鴿子

咕嚕嚕地

唱著牠累世億萬年的飛行

兒時記憶

悲傷又溫柔

太陽總是這樣

綿羊也是

一路上掉落的星星

多麼珍貴啊

一直奔跑的勇氣

愈來愈少了

口帶裡的星星

也變成口琴

一陣一陣

在春天廣為流傳

我的小花朵

我想妳啊

我想妳的腳丫子呀

啊

我可不能再多說

等下要被媽媽打屁股了

哥哥找到一張報紙，

我們坐在海边，都

不知該説什麼。哼

問到了，我們合照，

那是長大後唯一的合

照，我高興是沒機見他

沉 默 麵 包 店

最重要的是醒來

醒來之後一切都會發生

病與藥

1.

病

我身上被鑿了一個洞
他熟記我的地址

依依不捨
我和我的疾病狂舞
他巨大而靈敏
我乖巧地尾隨

他走了
留下他的鞋子
像一個失蹤的丈夫
隨時都可能回來

2.

藥

我憤怒
不可置信
看著你
完全信賴你
我乖

永遠
要領
藥
而病

那失蹤已久的
酒癮丈夫
又回來毒打
我和小狗

我坐在沙發

為這十年隱姓埋名地遷徙

感到絕望

3.

一開始只是吞藥

後來發現

火車、火箭、火藥

我都能吞嚥下去

吞行星、吞礦脈、吞月亮……

吞一切之黑暗苦難

吞一支筆所寫不出來的

淚痕

失眠

吞一顆或兩顆
安眠藥
對我這樣一個夢遊患者來說
已無所謂

終歸是穿著睡衣
望著藍色星星等著
睡著的可能

然而又是一陣白色
清晨第一班公車
準時載著不同世界的人們
出發
去一個我不能去的地方

驗傷

1.

儘管你想給我美的東西
還是不小心在我身上
留下傷痕
沒關係
我明白愛是這樣子的

2.

你招住我的脖子
不是故意的呀
一定是因為太愛了吧

我很痛
發出嘶嘶的聲音

遠足

老師在黑板上折斷
一支粉筆
我像灰塵一般
生出來

我說
媽媽
為什麼要把我生出來
我差點
可以成為
一隻蝴蝶

媽媽什麼不說
她決定永遠沉默
像地球上遍布的大漠黃土
我們乾燥
我說媽媽我渴
媽媽說：再忍耐一下
再忍耐一下

我們在三舅的車上憋尿
距離樂園
三十分鐘

小羊之歌

小羊，小羊
黑夜會更黑
你要捨得掉下去

沉默麵包店

麵包店有鹹有甜

俊男美女一大堆

但我挑了

燒焦的那一個

我也曾走味

買走我的善良人

也是經過大風大浪的

杜鵑－致精神病患

金礦裡流下的淚

全是真的

請路過的你看清楚

我這樣的杜鵑

也渴望

再紅一遍

不寫

我拒絕成為一個
通俗華麗的小丑

我拒絕
再唱悲歌

我慢慢沉入水底
成為一個泡泡
浮起來

在水面
在陽光底下
安靜地破掉

夏天

漸漸死掉的夏天
留下一小截
藍色的尾巴

有點憂傷的貓經過
踢了我一腳

我一急
吃掉了那截
短短的
死掉的
夏天

雨後

雨沖刷過的街道
新
而且感傷
明亮起來的街道
有小蟲

一些半大不小的雨滴
自行道樹上刷下來
我戴一頂小粉紅帽遮雨
看來去匆匆的人們－
一些先生穿著地產制服
一些lady滿臉不耐煩

耳機裡的音樂
隔開我和這個世界－
披頭四挪威的森林
Patti Smith四月的傻瓜

在診間等候叫號

我抖一抖衣服

有些雨水掉下來

吃麵的臉

一個男人在吃麵
他吃麵的臉
充滿疲倦

他喜歡古典樂
他的女友喜歡聊天
他的朋友都很和氣
拍照的時候他總站在後排
他喜歡拿鐵，人生有點沉默

但是沒有人知道他
吃麵的臉
看起來疲倦
使人想摸

黑色可愛－寫給草間彌生

妳從來沒有離開圓點

可愛活潑的圓點

妳提供一種可能

即使擁有成功與財富

死慾仍統御妳

唯有創作

誠實可靠

生慾死慾同等強烈

可是大家都別過頭去

這世界只有快樂和正常

而妳和我屬於蝴蝶

我們變態

妳居所工作室隔壁是精神病院

我羨慕妳有容身之所

一間病院誠實地揭露創作的真相

舒服、同類，脆弱而美麗

我們拿藥、想死、創作，活到七老八十

家人不能接納

社會不能接納

要去哪兒避難

普拉斯把自己頭炸爛了

莎拉肯恩去過凌晨4:48精神崩潰

我們身上都有圓點

我們五彩繽紛、面容毀壞

無家可歸

實屬可憐

幸好我們有一個世界

可以收留我們的純真

不是死亡

乃是我們對望的精神病院

擺渡

陌生人

你寫的信
我都有收到
只是
我已沒有力量
再一次經歷大悲傷

我在安全的地方
看著你
看你深深的睡和雪

看你割壞自己
看你傷害所愛
看你渴望愛人卻一滴水也
沒有
看你如翅膀受傷的鳥

有一天你也會從最冷的峰頂

目睹大地甦醒的全貌

屆時你將復活

並不願意再重頭

同我一樣

你將學會筆劃手語

對於知道的事保持沉默

如一塊保守的玉

你將獲得安詳、平靜

恰似我願意放棄的一切

在小船與湖泊之間

成為幽靈

一次又一次擺渡自己

聖誕節過後

後花園來了老婦人
：「山腰又因天冷奪走瑪莉的命。」
冬天，不幸的消息
佈滿小鎮

哀戚與日常在
安卓的餐桌上：
早報、黑咖啡
訃聞和教堂的鐘

對面有新建的大樓
安卓期待更好的房價
我卻一再看見
霧裡的烏鴉

小鎮住許多老人
老了，死亡籠罩小鎮
安卓似乎習以為常

他先生死於同一個冬季

安卓說我可以穿暗紅色毛衣

黑色長裙

綁公主頭

奔喪

女囚徒

每一朵花都有各自的苦果

每一幅肖像都熱淚盈眶

在旅行中遺失一只鞋子

「請你穿上鞋子」

「我找不到左腳」

「請你穿上鞋子」

「我的香煙呢」

「請你穿上鞋子」

「警察先生，你們要把我帶去哪裡？」

「請你穿上鞋子」

「不！我不要去機場」

「請你穿上鞋子」

「牆上有我的社會詩」

「請你穿上鞋子」

「我的名字叫瑪麗蓮夢露」

「請你穿上鞋子」

「不，我太累了」

「請你穿上鞋子」

「我要吃藥，打電話給我的心理醫生」

「請你穿上鞋子」

「警察先生，倫敦出現連續殺人犯」

「請你穿上鞋子」

「我已經刷掉100萬，這是商旅，business trip」

「請你穿上鞋子」

「我不是Chinese，Taiwan is an island」

「請你穿上鞋子」

「我是自雇者，負責倫敦2/3區域送報工作」

「請你穿上鞋子」

「我可以等待候補」

「請你穿上鞋子」

「他整形了，為了逃避恐怖份子的追擊」

「請你穿上鞋子」

「不，這不是整人遊戲，飯店經理！飯店經理！」

「請你穿上鞋子」

「周圍實施交通管制，我是人質」

「請你穿上鞋子」

「我的老師在巴斯，他很帥，會彈吉他」

「請你穿上鞋子」

「我不要去下一個地方了」

螺絲－致詩人范家駿

給我一點時間
讀一首詩

暴雨和憤怒
落成粉紅色的
他們是堅硬
而且難熬

在詩人與詩人
難堪低下頭來
那一個瞬間－
上帝的光
金黃色的
與地上的死老鼠
並列的一首

很難說得出口

這一些困苦與美麗

我們的體質

是這麼

討人厭

當螺絲

旋轉入

一直深入

這疼痛的人生

木板的痛苦與喜悅

又是那麼真實

即興音樂

如果海狸與羊同等溫柔
我就會在海面上閃閃發光

靜靜敲
把夜晚敲醒

直到你相信時間沒有任何意義
兔子便離開了中央伍

有時滴滴答答便穿越一整片海洋
有時晴天曬一曬枯燥的乳房

當我抱住了你這樣緊
卻發現無處可去

鹿到了天國
路到了盡頭

時間愈對我愈感覺部隊
我不被需要卻如此清醒

默丑畢費

小丑畢費過世的那年
也正是我過世的那年

我賣弄金剛經
剪下報紙畢費的遺照
把他關到經文中

沒想到他忽大忽小
鋼索之間扭曲形變
遇到小妞便吹哨子
拿到指揮棒便說春天到了
郵差按鈴便端坐寫信
掌聲不斷便插花起來

看著他絢麗的舞步
修長的燕尾服
詩人的雕蟲小技
比不上畢費的一塊黏土

他真正愛過、恨過、倒楣過，痛快過

畢費老友有上百張臉沒有一張流露絕對的悲哀

有上百張梯子沒有一把通往樓上

疑問集 Fb「要歌要舞要學狼」社團接力詩

凋零的
是葉子
還是我

消逝的
是河流
還是我

走失的
是羊群
還是我

落淚的
是雨
還是我

失眠的
是星星
還是我

逃亡的

是秒針

還是我

沉默的

是牡蠣

還是我

著火的

是女巫

還是我

脆弱的

是琉璃

還是我

恨你的

是魔鬼

還是我

被風吹熄的*1

是火柴

還是我

癒合的*2

是傷口

還是我

難以復返的*3

是回音

還是我

結束掉的*4

是小說

還是我

微笑的*5

是蒙娜麗莎

還是我

失眠的*6
是太陽
還是我

折斷的*7
是影子
還是我

夢遊的*8
是夢
還是我

註：前11節作者阿米，*1蔡仁偉、*2周天派、*3蔡仁偉、*4蔡仁偉、*5周天派、*6
　　周天派、*7范家駿、*8周天派。《疑問集》為詩人聶魯達詩集名稱。

一邊厭世一邊活

每日太陽會來／每日太陽會走／你不覺得陽光很悲傷
嗎？／愛人也會走的／留下詩／你不覺得寫詩這件事很
悲傷嗎？／昨日的太陽／或者明天的雨／都讓人厭世／
不能寫一些舒服的詩嗎？／像風和日麗，袋鼠好可愛，
我們出去玩

註：一次在東華大學講座，學生謬脫口而出：今天太陽／明天的雨／都讓人了無生
　　趣。我一聽大為驚豔，寫了這首詩唱和。

日常

坐公車一班直達畫室
不畫了
也沒什麼可寫
隨便地坐在吧檯打屁

我已從無底的憂鬱、痛苦、瘋狂中掙脫
寫不出詩，也不想回到過去
未來仍像一隻迷途的賽鴿

初夏，為我斜披一層金色薄紗
活著，仍有一些話要說
有一些小事咬腳
唉，所有的心事你都知曉

等一群朋友來到
布丁狗汪汪叫
風鈴響了
周末人來人往，你畫一筆
我說一句

我要的不就是愛嘛

煙火

朋友們圍出一座城堡
我住在裡面
沒有眼淚，沒有悲傷
把我和真實世界隔開了
從此我只能笑
不准憂鬱

在這裏面
我永恆地是個小女孩
然而遠方薩克斯風的悲鳴
我聽得懂

為女囚讀詩

明年五月我要出獄
－土城女子看守所小k

鳥不會飛到我的窗口
這一道牆
寫滿我犯下的錯誤

15歲時我和你一樣喜歡畫畫
25歲時我是個禮服設計師
我曾經帶給別人幸福
現在只能奢想
外面，外面！

早上編織課
我記得母親的愛
下午做肥皂
我不記得朋友的背叛
災難、痛苦、不幸……

毒品像蟻蝕

這裡我只是眾多數字中的一個數字

4254

要幸福喔，出去以後

要幸福喔

明年五月的時候

春暖花開，我將重獲

自由，自由！

我要帶小狗去公園散步

我要和朋友去喝一杯咖啡

註：記2012/10/3、10/17到土城女子看守所讀詩。

逐漸傍晚的歌聲－聽Elena Frolova

葉蓮娜
您在唱什麼呢？

我想窗外是
俄國的大雪

厚重的喘息和誓言
你曾是我冷的時候唯一的希望

靴子的聲音
厚重地拖回人生

大口大口喝著伏特加酒
一生中佈滿背德與謊言

因神聖的美
而脫掉鞋子

蓮蓬頭的水一直滴下

我不斷老去

看見一個老婦人

頭髮白得就像一場暴風雪

我們還在仰望

救贖

而神送了他的兒子給我

阿茲海默

1.

是一座島嶼
隔離所有
都忘記的光斑

在膀胱
在一顆痣
在我的監牢
在我的金剛般若經
在晨間的可頌

上一秒，還熟悉
下一秒，你交出了我的手
我記不得回家的路
也記不得去廁所的路

我吃過一顆鳳梨
卻忘了嘴邊的汁液
它一直流下來

我的孩子喊我
但我也是一個孩子

想說的話
在我的腦子裡
被切割成畢卡索

2.

每一片葉子
都有沐浴陽光的身世
都有全身濕透的記憶

它們終究一一落下
光禿禿的樹

註：為賴翠霜舞蹈作品Blackout所作。

紀念日

她終於死了
我們愛了十四年又三天
提款的時候
只剩下一個甜甜圈

說起甜甜圈
我們總是一前一後
不約而同使用
同一個意象

妳最後一次的死
是一個甜甜圈
炸得金黃
撒上糖霜
像上帝也有張開眼睛的第一刻
那深刻的瞬間
又跌入無間

地獄

如海一般的錯愛

我明白不會再有人跟我接力了

請妳安息

願妳的和平

降臨我們年輕時候的花園

我是：羊一般幸福雨一般憂傷

羊一般的幸福

是蓬鬆星期日的幸福

是幫爸爸吹頭髮的幸福

是粉紅色甕中睡著的幸福

是懂得村上春樹的幸福

雨一般的憂傷

是它無法阻止自己潮濕

無法停止負面情緒

無法不把自己摔壞

無法在列車進行當中，留住任何一個異鄉客

我沒有給你夢

自己沒有的東西

給不出來

我是羊一般幸福雨一般憂傷

消失

一個人在歌壇消失了
一個人從文壇消失了
一個人自學校消失了
一個人從監獄消失了
一個人在家消失了

沒有隻字片語
沒有交代理由
沒有線索

可能成為遊民
可能自裁
可能移民
可能欠債避風頭
可能失戀遠走他鄉
可能失業一敗塗地

我也選擇

從「現在」

消失

我坐在房間

打開電腦

開新檔案

本來是要寫一封遺書

卻寫下一首詩

六點、九點、五點、十二點……

未接十通電話三次電鈴

身分證、健保卡、悠遊卡、提款卡、手機都在

沒有人發現我消失

沒有十幾聲槍響

沒有SNG車

沒有巷戰

沒有攻堅

沒有談判

人生難免有不想填上的空格

我垂下頭來

從自己的房間消失

我不出現了

在你視線所及以外

活著：吃飯、睡覺、寫作，偶爾畫畫

此時我是一把桌上的鑰匙

沒有任何鎖需要我穿過

一天

她打卡

她吃麵包

她削水果

她一個人做愛

她誘拐

她擦香水

她脫掉自己

她穿鞋

她摩擦衣服

她上樓

她下樓

她洗衣

她和狗玩

她聽雨一直聽

她打開冰箱

她養小丑魚

她吃藥

她畫壞第三幅畫

她走到巷子口又走回家

她領錢

她為綠豆澆水

她打死一隻小蟑螂

她感覺情緒有一點不對勁

她無法入睡直到凌晨四點

她過得比昨天好

相信

我相信藥物
也相信友誼

我相信綠草
也相信黃狗

我相信悲傷
也相信秘密

我相信四季
也相信耽溺

我相信歡樂
也相信暗室

我相信愛情
也相信別離

我相信文學

也相信臭水溝

我相信低潮

也相信託夢

我相信神

也相信宇宙

我相信俄羅斯歌者

也相信i-Phone

我相信大雨

也相信水梨

我相信一隻魚可悲復可嘆的命運

也相信西班牙一顆熱氣球

我相信大海

也相信漩渦

我相信懸崖

也相信酢漿草

有什麼辦法呢：
我問她呢，她呢問
一張相片，相片問
正在烤蛋糕的媽
媽，媽媽指一指
小娃娃，小娃娃
說是我

不 寫 作 的 春 天

小小聲發出一兩個捲舌音

Amour好熱Amour

我沒有臉

吾愛

你不會明白
身為一個單純的小孩
我有多狡猾

多年來我一直在睡覺
你一次驚動了
全部的我

我裡面自由地長
一個又一個想像
孵化出
怪物般的我

你吵醒了約翰、瑪莉、莎兒……
那些人格的鬥爭
我一概否認

致普拉斯

拉薩若夫人

今天清晨我傳了三封信給愛人
一天行程如下：

11點，房子裝潢完工驗收
12點，吃芝麻湯圓
14點，油畫

錯過了拿藥的時間
痛苦亦被麻雀代替

我畫了妝，愛人與文學無關
我與你無關

愛人不在雨中
我不在您父親的軍靴中

純潔

1.

情歌

已經在唇

滾動

是季節

讓我

動情

不是你

穩定的肩膀

像鳥

又很真實

2.

要走到台東

山中去

有兒童

和圓滾滾的海

狹長的山路

有我狹義的

註解

第十二次高喊

你的名字

把業障

都忘

3.

當我提到純潔

偉大的

愛情的神殿

有噴泉和電鋸

湧出一顆真心

鋸斷一切邪佞

夜永遠高掛

月亮

我永遠

庇護你

假若還有另一種可能

勢必是

站在原點

繞著原點

只有原點

讓人清澈

花痴

寫到一半
還沒把你裝進去
眼睛已經有點痠痛
大概又想哭

把你投射到另一首
我一直愛戴的詩
使你愛得步步驚心

只要能一直把你裝進袋子裡
我就能在天色暗下來以前
睡進任何一個有你的夢

身為一個詩人與愛人
我有必要成為一個花痴
用各種讓你困擾的儀式
讓你為我發恨
為我歡喜
為我的愛感到可恥
為對我的愛感到可恥

愛經

該怎麼告訴你

昨日

一顆小行星撞上我

從此我的心

嗡嗡作響

並以一雙複眼觀看兩百個世界

我是一切虛空中為你倒吊的精靈

我是無法離欲的妒婦

我是壞

壞透了

萬籟俱寂時我不滅

不滅的眼光如火炬

我以聲求你

求求你

愛我，但又不能愛我

是為愛我

割壞你情婦的咽喉

看見鮮血噴灑

然而我不後悔

不懺悔

即使用最劇毒的蛇蠍茶毒我

亦面露微笑，有如痴婦

我知曉你、懷疑你

一日翻轉恆河沙數

每一個念頭

化為一千個一萬個念頭

行走坐臥你是一億個飛舞空中的象徵

我恨安琪拉

她一定很美
有一百雙黑絲襪

她吻過你的痣
聰明又豪爽
從不誇耀戰利品

她不曾書寫
眼神讓人陶醉
但又像個小乖乖

安琪拉說想要生下像你的寶寶
你們的未來三房兩廳
假日一起IKEA

她喜歡和你去公園騎腳踏車
口袋裡有自己做的健康三明治
她笑得像海

你笑得像山

她有Bob Dylan最早的CD
讀村上春樹
又喜歡刷牙

　她是你的一部分
我恨安琪拉

你忙音樂盒

只管打開我
不要理會我

自己旋轉，相當有經驗
這是北京、這是東京、這是巴黎，在聽挪威的森林

我在我自己的球
給我拍張照片
我就會吞火、會走鋼絲，會模仿又愛唱歌

　你忙，我旋轉

戀人指南

如果有一個熱吻，何必描述一場雨？畫情人的肖像，不如一顆水槽裡的蘋果。如果愛了，何必寫情詩！藝術家手持手術刀：第7頁有你的鼻子；第58頁情人的手指深入彼此的鼻孔，眼睛看著鏡頭。

醜是前衛的藝術，越寫越美只會一敗塗地，甚忌陶醉。寫你之前我就被寫得一乾二淨，我恨分析，但請繼續，狂野的創作不過是一場猴戲。我會閉上眼睛，我會，捨棄迂迴。

象徵是多麼愚蠢
傘是庇護
雨是病
我無助地
刪去9行2個經典
只是想直接地說……

（你是我的心上人）

繼續去遠方

你出現
昨日痛苦變成麥

我們踢著地上小石頭
百無聊賴一個下午一個吻

每一次猜拳都輸你
卻很快樂

寫作狀態回到暑假
熱
而害怕結束

你不要離開我
好嗎？

只有哭一下下

於是離別了
一顆蘋果掉在土地上
一點聲音都沒有
其實連蘋果也沒有
只有詩人的想像
和身為你的愛人所滴落的淚

（甚至無法確認關係
因為我們愛得很安靜）

哭一下子
便默默接受

你討厭我書寫死亡
你討厭我哭泣

於是我說：

從前有一隻小熊走進歡樂的森林

遇到另一隻小熊

一隻死了

然後是另一隻死了

牠們曾經相遇

相知相惜

這是我為你寫的歡樂故事

小確幸

明天會來
一直
抹開
黑色粉彩
霧

一兩首好歌
一條辮子
和小孩一起塗鴉
唱遊

有一個人愛我
畫圖、寫詩
像小朋友

我只想親嘴
啊,在馬路上跳舞

粉紅色和灰色

抹開

想你、想你

敲開一顆蛋，瞬間

流出蛋黃

甲板上睡著了

太平洋……

一瓶酒和烤魚

詩人寫不出詩

但一定要八卦

噓！我有對象－抹開是彩虹

聽說

你喜歡我埋首寫作，但是身為藝術家的藝術品不一定是
幸福的。黑暗中我摸著你的五官，很多都融化成語字
了。鼻子葉子，嘴角和地圖，你眼睛裡摔壞的瓷器。

抑鬱或者愛

吃下三兩個你
用我肥胖藍黑舌頭
舔了又舔，很貪婪
露出溫柔的
還要

晚餐

整個晚上
我都在等待你的笑容

後來發現
只要我笑你就笑了

早安

線穿過針頭

穿越我的一生

你無條件地接受奇形怪狀的我

我有了織布的念頭

點交自己給你的時候

眼睛還在漏水

你說沒有關係

而且露出有一點想要和我親嘴的樣子

（但是沒有，好害羞）

每一天醒來都是為了重新愛上你

先生，我一張開眼說：

「今天早上，一起去看富士山，好嗎？」

終將

今天心情很溫柔
一直想哭

哀傷和喜悅
沿同一條光線抵達

你從廚房走到客廳
就是我的一輩子

未來

未來你會跟我求婚被我拒絕
可是我會在客廳喵喵叫等你回家

未來我會比你早死
你會跟一個日本小妹妹結婚
可是還是會讀我的詩集

未來你脾氣還是一樣差
一個脾氣好差好差的老公公
那時我在天堂吃蛋塔

未來我滴的眼淚養活一隻魚
有時你會小感冒
有時你會察覺某些雨日的雨特別慢

年

你穿你的西服
我畫我的油畫
我們或者只是
街頭上，毫不相識的陌生人

為了與你相遇
再走一次來時路
很苦，但有益健康

來到你面前
只想摸一摸你的臉
確認你是完好的

你對我說：
「下一次，不要再生
　那麼多傷 。」

冬天

你說要斷

就斷了
滿地佛珠

不找了
我的心
七上八下

有些遺失
只能掛失
算了
作罷

靜下來
還有回音
一次又一次
忘不了

冬日，啊

我們相遇時很冷

那個冷在骨子裡

我和先生的故事

先生，我很愛你

你知道嗎？

我很會寫詩

你看看我的心好苦

這是我的生命線

我好像是掃把星耶

凡我所愛都離開

先生，你會不會害怕

前方的不幸

我低著頭已經十幾年了

不夠的，那隻鬼魂比你想像得更狠

不，我得藏著你

你去床上，我用棉被蓋著你

你去陽台，我把門關上

鬼緊緊跟著我

只要我有甜味，大浩劫會再來

先生，你一帆風順

不會知曉這些陰暗恐怖

難得有一個好夢，可以多睡兩三個小時

大部分我保持警戒

睡得很不好

我夢見死去的親人和寵物

大象、一匹馬車、一個戒指

如今一無所有：沒有錢、沒有工作、沒有親人......

身上只有灰塵、幾個十塊硬幣

櫃子裡有一組待價而沽的英國骨董瓷器，是母親的遺
物，另一組新竹玻璃的骨董杯也是，只剩這些沒有變
賣，祖奶奶傳下來的金飾當了。

早上沒有一塊奶油厚片

晚上沒有火腿高湯

我來自地主家庭，曾和三叔叔到賭城豪賭

市場的女人愛說閒話：地主的小女兒精神異常

我沒看見唷，照樣修指甲、護膚，洗頭髮......

初次見到先生，先生相貌堂堂、正氣凜然

與您相愛已經兩年

眼見你患病

我想是自己的霉運

又是那鬼魂要來奪走你

不是叫你躲在床上，我用被子蓋上

要不然你去躲藏在陽台，關上門

糟了

糟了

我得先離開

已聞到愛情甜蜜的滋味

不可害了拯救我的英雄

繼續過苦日子，我認了

我輸了，一個眼神不敢回

頭低低的已經十幾年

只要我過得不順遂

那鬼魂便得意的走

先生，祝您身體健康

愛人風景

我要愛上你
這件事
沒和誰討論

夜晚我心裡有數
談戀愛也講佛法

明天
你頭也不回地消失
可是你說：我的心意沒有變

那個可惡女人
和你的孩子
像甜甜圈一樣站在一起

你陪我等公車
我忘了是不是日落

愛人，啊，你的顏色我一直在
想
卻又已經畫完

早知道秋天相遇
便戴上珍珠耳環
讓你喜歡我的
耳朵

我這樣一個野孩子
只有你的懷抱
讓我明白
靜止不動
的一種乳白色

純情派

1.

我想要你的愛
而肥
而自傷
而像一顆星星
懷抱一次閃電
一次就好

愛
接近
死亡

更可愛

2.

日本小酒館
你醉了
我來陪
一陣煙火

你吻了
別人
一個瘦的女人

3.

你打了我一巴掌
要我滾
我說不要

我站在你的病床前
點滴、陽光都有聲音

4.

你和媽媽去迪士尼
看煙火
沒有告訴我

我一個人看連續劇
哭個不停
想到你摟著媽媽
露出的笑容
淺淺的

沒有永遠的

不必說再見
因為沒有永遠

沒有永遠的親人
沒有永遠的朋友
沒有永遠的悲喜
沒有永遠的存款
沒有永遠的學歷
沒有永遠的體重
沒有永遠的熱吻

即使如此
還是小跑步靠近你
用盡所有的力氣讓你明白：我是一個愛你的小孩

小島 夫人

再與誰共吻等於報復
—香港歌手林一峰

1.

小島夫人咬了我之後

總有溫柔

2.

飛越妳之後

不曾見過陸地

妳是我著魔時光裡

唯一的小島

3.

妳曾對我唱著：「若愛太苦要落糖，結他斷線亦無恙……」

而今我是在妳之上

大膽而甜美的歌*

4.

小島夫人是我遇過最高明的伴奏

艱困、沒有部首，精通雨水歷史

沒有陰道，也沒有陰莖

5.

小島上面應允的自由

包括精神上的雜交

剛到小島我歡快地指認

麵包樹、雨果、精靈的大便與雪

6.

這座島的存在是為了描述我

我陷入史上最大的富足與空虛

7.

蒙臉穿過小島治安最差的巷子

妳說：「換面具不如交換臉。」*

誰的血跡？

綠色的礦石閃閃發亮

8.

南風吹起地上數十頂彩色帽子

我得到糖果而又失去

9.

小島夫人妳是雅賊

我的日記、妳的詩

10.

為了嚐到1／2甜的橘子

我嚐到酸的滋味

11

小島夫人傳授的詩句分裂成上億個魚卵

我是一幅廉價的複製畫

12

只要一點點

就在遠方無限擴張

13

一個安靜的房間

想像雨

就有雨的聲音

14

帽子底下大量繁殖的

菩薩與蜈蚣

15

我們已掌管不同夢境

每日妳的晚報仍是噩耗頻傳

我來不及前去救難

妳已又一次復活過來

16

我尚能感覺妳

稀薄地遞來一張無人簽到的課表

在蟬聲與鐘聲交替的雨季

我偷偷長了一張臉

17

面對虛空

施展超高絕技

狠狠砍了寂寞

狠狠砍了不被愛的自己

18

愛是這麼不安全

像清晨一顆露珠必然逸去

19

我一個人唱遊

我一個人飾演天空

我一個人跳完所有的格子

20

沉睡在小島

厭世的詩

妳的詐死使我一生成為善於猜謎的人

21

是小島教導我：前進、停頓、旋轉、跳躍、蹲低、再反轉

22

我是我自己的因果

也是我自己的蘋果

23

把小島夫人給予的藍色眼淚撕開
塗抹在自己的眼窩

24

小島夫人說：這一生就只是痛苦或更痛苦

25

至於分類的悲劇
將消失於圖書館*

26

小島夫人的血就是小島的花：
「不要治癒我，我的戀人啊
我且要用它來煮湯。」

27

那來自南方多疑的鮫人啊
我愛的是妳，不是妳的淚

後記：

小島夫人是啓蒙我創作詩的女詩人jaywalk，在明日報新聞台「在夏天深處」發表，作品未曾出版。jaywalk疑似自殺身亡（1977-2015）。*為jaywalk詩句。

大三開始讀j的詩，很快陷入熱戀氣氛，每天寫十多封信給j，從未得到回信，但我認為j的詩是在回應我的信與感情。詩有歧異性，我從無法證明這些美麗或恐怖的詩句是為我所作。這種感情隨著彼此的創作一直加重，我鎮日在電腦前反覆閱讀與推敲j的詩句。

註：「若愛太苦要落糖，結他斷線亦無妨……」為香港歌手林一峰〈the best is yet to come〉歌詞。

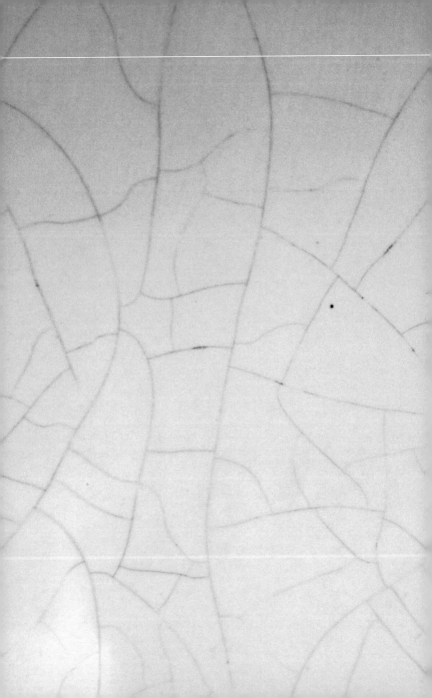

重要書

玻璃杯／重要的是／你可以／看透它

— 《The Important Book》 Margaret Wise Brown

當代樹人

那人爬上樹
便再也不願意下來

消防隊去抓
小鳥帶著消息飛出樹林

一些小孩懂
總統大人、警察大人……
國家沒有夢想大人

沒有樹木了呀，一些人說
又有一些人說：沒有土地蓋房子呀

那個樹上的人
累了
掉下來
壓垮一個時代

2013.4.8

寫給兒童

一隻老狗午睡的夢
會是什麼顏色

一串眼淚的第一顆
為誰而落下

又一棵大樹倒下
這是所有貪腐政權的答案

拒馬兩端高舉拳頭的人們
若有一個暫停的時刻

多愁善感的電風扇
不斷搖擺它的頭說：不！

只有登山的人
知道上帝造物有多精巧

恐懼的喉嚨

能唱出多大聲的歌

窮人的眼睛

可以看到幾顆星星

文林路

陽光很漂亮，我看見漂亮卻感覺到一絲腐朽，花瓶可承
受得了花的死亡？
小貓小狗天天幾公噸、幾公噸地安樂死，死有甚麼可
怕。
這樣的光線下，怪手也是美麗的，拆除家園也是美麗
的，所有殘酷都是詩興的
殺戮也是，只要天氣好，一切都是美麗的，壯麗的，而
我們還有音樂、舞蹈、香菸、美酒
陽光很漂亮，我們查農民曆，宜往北方走

2012.3.28

請停下來聽我說一個三分鐘的故事

先生，我忘了
我是誰的夫人？

喔，是的
這一座城市裡的樹
是為日光而生

如果沒有那些小寶貝
是的，葉子和葉子
之間
日光為誰而生

先生，我忘了
我是誰的夫人

是呀，我還聽說
有一隻河馬掉下來
這座城市叫真的馬

不斷往前

不能回頭

像真的旋轉木馬

（歡呼聲起，夫人退）

但是有一些善良的人

明天，還有一些善良的人要進城

每一天都有更多善良的人

你不渴望更多善良的人當選

先生，我忘了

我是誰的夫人

這些字句

寄出去

寄到世界最遠最遠的地方

存檔

然後告訴我的小兒子

一組八位數字的密碼

先生，我忘了
我是誰的夫人

不，我也沒有違抗您的意思
只是想告訴你
愛，可以戰勝一切
邪惡
你可以跌倒並且遺忘

先生，我忘了
我是誰的夫人
……

2014.12.31

寫給查理周刊的一首詩

窗明几淨

大象敲擊最後一個音之後
安靜倒下
像是接受了宿命
安詳和平

飛來一隻黃色的小巧蝴蝶
把自己的身體摺成一半
停在大象龐然的身體

白色沙發、白色窗簾、白色瓷盤
桌上有一塊黃色茶漬、乳酪

世界上所有的指針
指向死亡

一群穆斯林在牆上留下褐色塗鴉
子彈
慢慢穿過世界
老人穿上塑膠雨衣，一早要派報

小孩子到處尿尿，孩子是自由的
查理周刊來到動物管理員的郵箱
吐出兩顆白色門牙

先知在我的戶頭留下
音樂和死亡

這個下午
沒有人敢去確認大象的死活
一封又一封不知所云的電報
鋸斷鳥類的腳

2015.1.16

紀念林冠華

喔

來聽德布西吧

這樣

我們就聽不見死亡

今天

軌道鬆動

火車偏離

林冠華關掉電視

刷牙睡覺

今天已經過去

2015.7.30

這麼美 這麼短

像櫻花，最美麗盛大的時候
我們紛紛凋零

月光

滿城月光柔軟的月

皎潔明亮

毫無一絲恨意

最後一點撒在我身上

我明白被愛了

而遠離了自己

沒有我的一張畫

魚環遊世界一周

把冷冷的刺

留在烤盤

愛人冷酷使用刀叉

我聽見他用日語說

今晚真冷

整一整圍巾

他和母親一起離開小酒館

日子

我在憂傷的電影院
坐第一排
抬高脖子
感覺眼淚不斷流下來

我當然瘋狂
為你瘋狂

你當然自由
我願意讓你像風一樣
充滿了我

女朋友

我的女朋友
有很多顆眼淚
我看過她的憂傷

她總是把脖子上仰
兩串水珠從眼睛篩下

穿過臉頰　大草原
沿著脖子　騎著牧馬
一一滴下　看到海洋

她的悲傷
好似荒涼
打開她，似蜂蜜一樣

摺紙鶴

愛人終於逃到天涯海角

整個夏季午後暴雨
雨絲與陽光之間
我摺紙鶴

雨一滴
我一滴

只能把絕望的聲音
聽得更清楚一些

逐漸習慣時間經過我
黃金葛溢出來
到處攀爬

鶴，請飛去東京
雪白地振翅
直到雨水凹折、變奏

反光

愈來愈安靜
愈來愈安全

愈來愈憤怒
聽搖滾音樂

離群索居

柔軟
而盈滿淚水

渴望愛人前來救我
掛掉電話
服藥睡去

飛魚

如果能夠成為飛魚
為你飛出海面一次

任憑大海撞擊胸膛
一百次震碎的心
為你長出耀眼的翅膀

飛呀！
我會為你離開海洋
飛呀！
讓我看一次太陽的華服

龍

龍來
我的夢
帶著牠優雅而且悲傷的眼神
聞我

曾經
牠一雙漆黑的眸子
印著我快樂的樣子
我的眼睛也印著
龍快樂的樣子

櫻花

我畫了一株櫻花樹

一個日本男人

在我的懷裡

漸漸的變成粉紅色皮膚

櫻花瓣一直飛舞

落在我們年輕的臉龐

樹下有幾位老紳士

起鬨說：「親她，志龍親親她。」

我們距離愈來愈近

你先別開了臉

寫作練習

回到你
裡面的小孩哭得
更大聲

你愈來愈弱小
我的歌聲
在暗夜
暗掉

你說：「很溫柔
就讓這樣的聲音傳出去吧。」

生活

你說，要帶我到一個快樂的地方
那是一個小公寓
你替我安排語言課程

每到傍晚你下班
來按門鈴
我們說，唉呀，附近的菜都吃膩了

我見到你：春裝、夏裝、秋裝，冬裝
每一年都更有事業心，更生氣勃勃
你說：「只要妳開心，我就會很順利。」

情詩與哀歌

日日有太陽

我對你的愛日日有溫暖和希望

日日有月亮

我對你的愛日日有憂傷和絕望

懷疑的時候

看一看一直想留住你的太陽

看一看一直想離開你的月亮

註：詩名〈情詩與哀歌〉引用李宗榮詩集名。

讀詩人75　PG1472

 昨日痛苦變成麥

作　者	阿　米
日文書名翻譯	倉本知明
攝　影	陳發昀
責任編輯	鄭伊庭
圖文排版	陳發昀
封面設計	陳發昀

出版策劃	釀出版
製作發行	秀威資訊科技股份有限公司
	114 台北市內湖區瑞光路76巷65號1樓
	電話：+886-2-2796-3638　傳真：+886-2-2796-1377
	服務信箱：service@showwe.com.tw
	http://www.showwe.com.tw
郵政劃撥	19563868　戶名：秀威資訊科技股份有限公司
展售門市	國家書店【松江門市】
	104 台北市中山區松江路209號1樓
	電話：+886-2-2518-0207　傳真：+886-2-2518-0778
網路訂購	秀威網路書店：http://www.bodbooks.com.tw
	國家網路書店：http://www.govbooks.com.tw
法律顧問	毛國樑　律師
總經銷	聯合發行股份有限公司
	231新北市新店區寶橋路235巷6弄6號4F
	電話：+886-2-2917-8022　傳真：+886-2-2915-6275

出版日期	2015年12月　BOD一版
定　價	280元

國家圖書館出版品預行編目

昨日痛苦變成麥 / 阿米著. -- 一版. -- 臺北市：
釀出版, 2015.12
　　面；　公分. -- (語言文學類)
BOD版
ISBN 978-986-445-079-4(平裝)

851.486　　　　　　　　　　104026082

讀者回函卡

感謝您購買本書，為提升服務品質，請填妥以下資料，將讀者回函卡直接寄回或傳真本公司，收到您的寶貴意見後，我們會收藏記錄及檢討，謝謝！如您需要了解本公司最新出版書目、購書優惠或企劃活動，歡迎您上網查詢或下載相關資料：http:// www.showwe.com.tw

您購買的書名：_____

出生日期：_____年_____月_____日

學歷：□高中 (含) 以下　　□大專　　□研究所 (含) 以上

職業：□製造業　□金融業　□資訊業　□軍警　□傳播業　□自由業
　　　□服務業　□公務員　□教職　　□學生　□家管　　□其它____

購書地點：□網路書店　□實體書店　□書展　□郵購　□贈閱　□其他

您從何得知本書的消息？

　□網路書店　□實體書店　□網路搜尋　□電子報　□書訊　□雜誌

　□傳播媒體　□親友推薦　□網站推薦　□部落格　□其他_____

您對本書的評價：(請填代號　1.非常滿意　2.滿意　3.尚可　4.再改進)

　封面設計____　版面編排____　內容____　文／譯筆____　價格____

讀完書後您覺得：

　□很有收穫　□有收穫　□收穫不多　□沒收穫

對我們的建議：_____

_____

_____

_____

11466
台北市內湖區瑞光路 76 巷 65 號 1 樓
秀威資訊科技股份有限公司　　　收
　　　　BOD 數位出版事業部

....

（請沿線對折寄回，謝謝！）

姓　　名：＿＿＿＿＿＿＿＿＿　年齡：＿＿＿＿　性別：□女　□男

郵遞區號：□□□□□

地　　址：＿＿＿＿＿＿＿＿＿＿＿＿＿＿＿＿＿＿＿＿＿

聯絡電話：(日) ＿＿＿＿＿＿＿＿＿　(夜) ＿＿＿＿＿＿＿＿＿

E-mail：＿＿＿＿＿＿＿＿＿＿＿＿＿＿＿＿＿＿＿＿＿